Orazio Zacco

IMMAGINA

RACCONTI

L'umorismo

è la cortesia

della disperazione.

Chaval

PREMESSA E PRESENTAZIONE

Tutte le vite sono diverse, inutile dirlo, ma alcune sono più diverse di altre.

La verità che spesso le accomuna è un determinato tasso di disperazione, qualità oggi sempre più diffusa.

Ho scritto questi dieci racconti molti anni fa, ma in realtà allora erano schizzi fulminei di poche righe, parti essenziali di un mio spettacolo di teatro-danza, che si concludeva con la canzone di John Lennon che dà titolo e conclude questo libro.

Oggi, sotto la spinta della crescita costante della disperazione in tutte le classi sociali, anche quelle che un tempo ci apparivano al sicuro,ho pensato che valesse la pena ridare parola e maggior spazio a queste storie.

Io, in John Lennon, ci ho sempre creduto..

Orazio Zacco

UN UOMO COMUNE

Io ho lavorato tutta la vita, cercando di essere onesto con me stesso e con gli altri.

Sono nato in una famiglia modesta, in cui tutti si aiutavano a vicenda, soprattutto quando la vita si faceva dura. I miei genitori mi hanno trasmesso dei valori, un'etica del lavoro, il senso dell'onestà, anche la solidarietà, quando era possibile.

Sono stato un bravo bambino.

In casa davo una mano, fin da piccolo, senza mai lamentarmi. Studiavo, con risultati positivi ma non eccelsi, giocavo senza espormi troppo o farmi male. Ho avuto una buona infanzia, mi sono anche divertito, a volte.

È seguita una gioventù fattiva, lontana dalle mode giovanili e dagli eccessi, soprattutto dalla politica. Non è che non mi attirassero, magari avrei anche voluto provare, ma qualcosa in me mi diceva sempre che non era il caso, che l'avrei pagata cara. Non che fossi un pauroso.

Forse solo prudente.

E poi già facevo le prime esperienze di lavoro, soprattutto estive: vendemmie, raccolta delle pesche e tutti quei lavoretti in cui potevo impiegare quelle estati a volte davvero troppo lunghe. D'altra parte i miei genitori, e la famiglia intera, non avevano più di un mese di ferie pagate, e il resto delle vacanze da scuola che dovevo fare, bighellonare in giro perdendo tempo?!

Finita la scuola con voti sufficienti, iniziai un periodo di ricerca del lavoro: colloqui, concorsi, collocamenti e mucchi di curricula vitae. Era più difficile di quanto immaginassi, ma finalmente un'assunzione in piena regola, a tempo indeterminato. Lavoro d'ufficio, impegnativo ma non usurante, possibilità di carriera, fedeltà all'azienda, pensione assicurata: insomma, un bel quadretto, tranquillo e sicuro.

Era quello che aspettavo con ansia.

Avevo sott'occhio una ragazza abbastanza carina, cui non sembravo dispiacere. Non mi ero mai fatto avanti con decisione perché non avevo un lavoro né una casa, ero, come si dice, senza arte né parte. Ma ora avevo un lavoro, un lavoro vero, e potevo chiederle di sposarmi.

Avevo una paura tremenda: e se mi fossi sbagliato, e se quegli sguardi che ci eravamo scambiati non fossero stati d'intesa, e se quella volta che …

Le avevo comprato un anellino, niente di straordinario, lo ammetto, ma mi era costato quasi un mese di stipendio e poi … lo avevo scelto con tanta cura!

La andai a prendere una sera all'uscita dal lavoro e le chiesi se potevo accompagnarla a casa. Fu un po' stupita, ma accettò con piacere, credo.

Probabilmente non sapeva che cosa aspettarsi.

All'angolo di casa sua, fuori vista, la fermai, mi inginocchiai e, porgendole la scatolina dell'anello, le chiesi di sposarmi.

Accettò.

Ero al settimo cielo e iniziammo a cercare una casa.

Lei avrebbe continuato il lavoro per i primi tempi, era commessa in un grande supermercato, solo per aiutare all'acquisto.

Eravamo d'accordo però che, con il primo figlio, sarebbe finita la sua carriera lavorativa. Toccava a me mantenere la mia famiglia.

E così feci.

Faticai come una bestia, allevando i miei figli, proteggendo mia moglie, accumulando qualche risparmio per il futuro.

Mi sembrava che fosse il mio dovere, così mi avevano insegnato e così feci.

Fu una vita forse anche dura, ma le soddisfazioni non mancarono. Pochissimi dissensi con mia moglie, anche affetto tra noi. I figli tirati su come si deve, come sono stato educato io. La carriera proseguiva secondo le aspettative e il nostro benessere aumentava in proporzione.

Non siamo mai stati ricchi, ma non ci è mai mancato nulla di importante. Avevo un'auto, una berlina con cui fare qualche gita domenicale. Da un certo momento ci permettemmo anche le vacanze a Cattolica, dove alla lunga ci facemmo tanti amici quanti a casa.

Ciò che conta è che cosa ti aspetti: se vuoi troppo sarai sempre deluso, se non desideri molto, sarai felice di quel che hai.

E gli anni passavano, forse un po' tutti uguali, forse un po' di noia mi prendeva, ogni tanto: il lavoro d'ufficio in fondo è molto ripetitivo, le facce dei colleghi sempre uguali, la pratiche sempre quelle.

Mi consolava il fatto che mio padre fosse stato un semplice operaio e io, invece, ero salito nella scala sociale, avevo molto più di lui. È vero che il benessere era cresciuto per tutti, ma io avevo fatto la mia parte, avevo contribuito alla crescita del paese, come diceva il telegiornale.

E poi il mio sogno, il mio vero sogno, era di invecchiare in pace, con mia moglie al fianco, magari qualche nipotino, finalmente riposarmi e godermi il resto della vita, in pensione. Per questo e per la famiglia ho sacrificato tutto me stesso.

Sono morto di cancro a 55 anni.

UN RAGAZZO DI STRADA

Io sono cresciuto in una strada, in un quartiere periferico di una grande metropoli.

Sono cresciuto in strada perché casa mia non era un bel posto. Mio padre aveva due attività principali: lavorare in fabbrica come una bestia e ubriacarsi, un'altra bestia. La sera e i fine settimana arrivava così stremato, o incazzato, o triste, o che so io, che il suo unico amico era il bottiglione di vino. Si riduceva uno straccio, poi picchiava mia madre. Lei non diceva mai niente: le prendeva e zitta.

Stava sempre zitta, anche quando era sola, anche con me.

Non mi ha mai detto niente, niente di niente.

E così passavo le mie giornate, e le notti, in strada nella periferia dove sono nato. Ho lasciato la scuola presto, che ci andavo a fare?

Ho imparato subito a lottare e a non avere scrupoli. Nessuno ti regala niente, mi avevano insegnato. E io

non ho regalato niente e ho preso sempre tutto ciò che pensavo mi spettasse, ciò che volevo.
Ero venuto su abbastanza robusto da farmi rispettare nelle dure zuffe fra monelli, ne avevo prese tante quante ne avevo date. E mi ero guadagnato un certo rispetto, in quell'ambiente in cui la forza, la violenza erano l'unico distintivo si potesse portare.
Una notte alcuni ragazzi mi proposero di andare a rubare una macchina. "Ci andiamo a fare un giro, e poi l'abbandoniamo. Dai, che ci divertiamo!"
Li conoscevo poco e non sapevo se fidarmi, ma non volevo confessare che non avevo mai aperto una macchina.
E così accettai.
Non sei un duro se non fai vedere che sei un duro.
L'esperienza filò liscia e mi divertii anche. Qualche notte dopo ci riprovammo: andò bene anche quella volta. Mi stavo divertendo davvero. E poi era la prima

volta che avevo qualcosa che assomigliasse a degli amici.

Dopo le auto fu la volta degli scippi: uno di noi aveva una grossa moto, non so se sua o rubata … che importa?

Io salivo dietro, giravamo il quartiere piano piano, come se fossimo in giro per i fatti nostri. Appena avvistavamo una vecchietta o una signora con una borsa gonfia, aspettavamo che fosse un po' isolata e colpivamo. Lui si avvicinava lentamente, io afferravo la borsa e via, dare gas e strappare il bottino.

La vecchina spesso cadeva a terra e si faceva male. Questo distraeva i passanti, che accorrevano in suo aiuto, e ci permetteva di scappare. Due fazzoletti sul viso e un po' di fango sulla targa e il gioco era fatto. Non sempre si tirava su molto, ma il divertimento era assicurato.

Cominciavo a farmi un nome nell'ambiente, ero considerato uno fidato e senza paura.

Proprio quello che volevo, qualcuno che mi considerasse, che mi rispettasse.

Nel frattempo mia madre era caduta sotto le botte di mio padre: lei al cimitero e lui in galera.

Ero solo, ma non era una novità.

Mi trasferii dalla mia ragazza, una del giro, una tosta.

Molto sesso, grandi sbronze, amici a giocare a carte tutti i momenti: una gran bella vita! Avevo sempre soldi in tasca ed ero rispettato. Meglio di così!

Girava anche un sacco di droga, roba pesante, ma a me non piaceva molto, preferivo venderla che usarla, preferivo i soldi. Certo ne feci uso anch'io, ma non mi entusiasmava. Poi vedevo che effetto faceva alla mia ragazza, che invece ci andava giù forte.

Una mattina mi svegliai con lei morta nel letto, le era scoppiato il cuore. La polizia trovò ovviamente delle dosi in casa e mi feci sei mesi di galera.

Era la mia consacrazione.

Lì sì che c'era la gente forte, i veri duri.

Dovetti difendermi, mostrare che sapevo farmi rispettare e feci altri due mesi per una rissa con un senegalese.

Ma avevo vinto io e la voce si sparse fra le celle.

Mi ero fatto un nome.

Mi offrirono di entrare nel giro dei furti in appartamento: stavo facendo carriera.

Era una faccenda ben diversa da quello che avevo fatto fino ad allora. Era una questione di testa, molta organizzazione e poca violenza. Sopralluoghi, sorveglianza, studio di piantine: era una banda di veri professionisti che non lasciava nulla al caso. Per questo non li avevano mai beccati. Iniziai facendo solo il palo e, poco alla volta, divenni un vero esperto in serrature.

Facevo soldi a palate ed ero nel giro grosso. Non ero più il ragazzino di periferia con il padre manesco.

Ora ero un professionista.

Lasciai la banda degli appartamenti perché c'era troppo poca azione. Volevo qualcosa di più eccitante.

Mi arrivò una dritta. Potevo entrare in una banda che rapinava banche: era il massimo!

Mi addestrarono, perfino. Per la prima volta tornavo a scuola, ma queste erano materie che mi piacevano.

Mi diedero anche una pistola. Non ne avevo mai avuta una: non ci avevo neanche mai pensato.

Scoprii che mi piaceva sparare, era eccitante.

Tutta adrenalina!

Questo preoccupava un po' i miei complici. Mi ripeterono fino alla nausea che le armi servivano per intimidire: non si doveva sparare, mai!

Invece un giorno sparai ad un impiegato di banca che difendeva soldi non suoi.

Ora sono in carcere … ergastolo.

UN PRETE

Io scelsi la carriera ecclesiastica o, come mi ripetevano in Seminario, fui scelto da Dio per guidare il Suo Gregge.

Da bambino ero considerato molto quieto e riflessivo, davvero un bravo bambino obbediente. Non piangevo mai, non facevo i capricci, non chiedevo nulla.

Nel gioco con i miei coetanei non ero affatto un leader, preferivo seguire regole fissate dagli altri e non sopportavo i conflitti e i litigi. Non ho mai litigato con nessuno e, soprattutto, non ho mai alzato le mani. Preferivo prenderle che lottare.

E ne prendevo molte.

A scuola ero molto diligente, magari non brillante, ma i miei quaderni erano immacolati e le lezioni sempre a memoria. La maestra mi indicava sempre come esempio ai miei compagni, che finirono per considerarmi un tipo strano, con cui era meglio non avere a che fare.

Avevo uno zio prete che, ogni volta che veniva a trovarci, mi regalava dei santini. Ne facevo collezione. I miei amici le figurine dei calciatori, io i santini.

Fu proprio quello zio a far notare ai miei genitori la possibilità che io avessi la vocazione religiosa e loro, considerando quanto sarebbe costato farmi studiare, convennero che non si poteva sprecare un dono di Dio.

Gli anni del Seminario furono sereni per me: era come stare a scuola, ma senza bulli e senza botte.

Studiare non era un problema per me. Non che fossi molto intelligente, ma ero sempre il più diligente. Anche se non capivo tutto quello che studiavo, lo studiavo, anche a memoria se necessario, e questo sembrava bastare.

Il Seminario, poi, aveva un altro vantaggio: mi proteggeva dal mondo esterno del quale avevo molta paura. Là fuori succedevano cose terribili: la gente si combatteva e, mio Dio!, si ammazzava. C'era politica, ingiustizia, conflitti, denaro e … donne.

Soprattutto di queste avevo molta paura.

Sempre avuta …

Intanto crescevo, il momento della consacrazione sacerdotale si avvicinava e con esso la questione della scelta, della destinazione.

Non avevamo molta voce in capitolo, ma il rettore del Seminario amava mostrare la sua umanità chiamandoci a colloquio per sentire i nostri desideri, scoprire le nostre inclinazioni.

Naturalmente poi avrebbe deciso lui.

Fra di noi c'era chi era destinato a una curia episcopale, con possibilità di carriera fino a Roma, chi, più avventuroso, sarebbe stato mandato in missione, chi aveva doti di studioso e chi di insegnante.

Io no.

Niente di tutto questo.

Non ebbi mai grandi ambizioni, non mi sognai mai cardinale o papa.

Le missioni mi terrorizzavano, in mezzo ai selvaggi, mio Dio!

E le malattie! Troppo pericoloso, per me.

La teologia era davvero troppo per il mio cervello: conoscevo i miei limiti.

Insegnare era escluso: gli studenti avrebbero fatto domande alle quali non avrei saputo rispondere.

Non me le ero mai poste nemmeno io!

Troppo pigro, troppo timoroso di rischiare una vita tutta mia, scelsi di vivere quelle dei miei fedeli, consigliando e scegliendo per loro.

Trascorsi così la mia esistenza in una piccola parrocchia, fra piccoli problemi e microscopiche soluzioni.

In quel posto io ero un gigante, tutti mi guardavano con rispetto e attendevano da me la parola giusta al momento giusto.

E non era così difficile.

Ero indaffarato, ma sempre su questioni altrui, che non in realtà mi riguardavano affatto. Un parroco deve dare l'impressione di saper fare un po' di tutto, dal carpentiere al consulente fiscale, dal consigliere matrimoniale all'elettricista.

E mi riusciva bene, perché non sapevo fare niente.

Non dovevo fare, dovevo dare consigli. E se andava a finire male, nessuno mi incolpava: in fondo ero solo il parroco.

E così mi immersi e perdetti nel tran-tran della liturgia e della vita parrocchiale.

Certo, mi sentivo molto solo.

Per molto tempo il mio solo conforto fu la preghiera, il colloquio con Dio.

E, alla lunga, ci si abitua a parlare da soli.

UN IMMIGRATO

Io ho sognato una vita migliore, più umana di quella che mi offriva la mia terra.

Non sono scappato da una guerra, ma dal deserto. Ho vent'anni e ho visto piovere cinque volte. Da noi la siccità strangola non solo l'agricoltura, ma anche la voglia di vivere. Ha strangolato mio padre e quattro dei miei fratellini e sorelline minori. La terra era così indurita dal caldo che non siamo riusciti a seppellirli, abbiamo dovuto depositarli al suolo e coprirli di pietre, per impedire che le iene se li mangiassero.

È stato duro lasciare mia madre e gli altri miei fratelli, ma ero il più grande e dovevo trovare un lavoro per aiutarli, per sopravvivere.

Spero che trovino qualcuno che metta delle pietre sopra i loro corpi, un giorno.

Sono stato prima nella nostra capitale, alla ricerca di un lavoro qualunque, come centinaia di migliaia di miei compatrioti. Eravamo talmente tanti, e talmente disperati, che non ti prendevano neanche più come schiavo.

Finii per nutrirmi pescando fra le discariche di rifiuti, dei quali una città non è mai priva, delle vere dispense.

Un'altra cosa che c'era in città era la televisione. Ne avevo sentito parlare, ma credevo fosse una storia di quelle che si raccontano davanti al fuoco, abbastanza esagerate si sa.

Invece c'era davvero e ti parlava, dalle vetrine dei negozi di elettrodomestici e dai bar. Mostrava paesi meravigliosi in cui erano tutti belli ed eleganti. Non capivo bene che cosa facessero, ma era evidente che erano felici.

Sorridevano sempre.

E poi mangiavano, mangiavano sempre. E non solo loro: anche i loro animali! Davano ai loro cani dei piattini di cibo che finii per sognare a occhi aperti.

Anche noi avevamo un cane, a casa, ma non mangiava così.

Anzi, abbiamo dovuto mangiarcelo noi.

Quei paesi erano il paradiso: dovevo raggiungerli a tutti i costi! Così sarei anch'io diventato bello ed elegante, avrei mangiato a dismisura e sarei diventato grasso, pensate un po'!

Avrei fatto venire mia madre e i miei fratelli a dividere con me quella ricchezza e quella sicurezza.

Tra l'altro ho notato che in quei paesi piove moltissimo, a volte ci sono alluvioni, perfino.

E si lamentano!

Il problema era attraversare il mare. Chiesi in giro, cercai qualcuno che si occupasse di trasporti e trovai un tizio, dall'aria un po' preoccupante, che disse di potermi aiutare.

Problema risolto.

Ora il problema era che voleva un mucchio di soldi e io non avevo neanche da pagarmi un bicchiere di the alla menta.

Ma anche per questo c'era una soluzione. Il tizio preoccupante mi disse di non preoccuparmi, avrei pagato una volta arrivato, con il mio lavoro. Sapeva già chi poteva darmi un posto dove stare e uno stipendio.

Ero preoccupato dal tizio preoccupante, ma anche questo problema sembrava risolto.

Mi diede un appuntamento per la sera dopo, dicendomi di fare i bagagli, sarei partito.

Non era difficile fare i bagagli, non avevo niente!

La sera dopo mi caricarono, un po' sgarbatamente, su un camion con altri, molti altri. Stavamo un po' stretti, ma ero disposto a sopportare ben altro!

Non sapevo ancora che cosa avrei dovuto sopportare.

Dopo un lunghissimo viaggio e moltissimi sballottamenti, arrivammo a una spiaggetta nascosta, in mezzo al nulla.

Chiesi che senso avesse arrivare fino a lì, quando la città aveva un grande porto, e mi risposero con un ceffone.

Ci caricarono su una barcaccia malridotta, che loro chiamavano nave, ci schiacciarono uno sull'altro e partimmo. Non avendo né acqua né cibo a bordo pensavo sarebbe stata questione di un'oretta, massimo due.

Dopo tredici ore di mare, molto mosso, un veloce motoscafo ci affiancò. Pensai cominciasse il trasbordo, anche perché la barcaccia faceva sempre più acqua e pendeva minacciosamente da una parte.

I primi a trasbordare furono quelli che guidavano la barcaccia e, mentre stavo per alzarmi in piedi per salire sul motoscafo, questo partì velocissimo.

Ci lasciarono tutti lì, in mezzo al mare!

Capii che avrei dovuto preoccuparmi di più di quel tipo preoccupante, ma ormai era tardi.

Molti di noi si lasciarono andare e morirono di sete, altri scivolarono in acqua senza che potessimo trattenerli.

Finalmente arrivò una motovedetta, erano militari italiani. Ho sempre avuto un po' paura dei militari, da noi è meglio evitarli, ma questi erano gentili.

Con loro c'era anche una nave di volontari che ci misero in salvo e ci portarono a terra.

Così, grazie a loro, evitai di morire in acqua per sfuggire alla siccità.

Sarebbe stato il colmo!

Ci curarono e ci misero in un posto in cui avremmo dovuto stare qualche giorno.

Dopo due mesi e sette visite di politici italiani, venne un uomo che mi disse che avevo un debito con lui.

Gli risposi che non lo conoscevo e che non sapevo di avere debiti, non avevo niente!

Mi rispose che era stato lui a pagare il mio viaggio e che ora dovevo lavorare per lui, per ripagarlo.
Avrei voluto fargli notare la scarsa qualità del viaggio, ma quell'uomo parlava di lavoro di casa e di stipendio.
Era quello per cui ero lì!
Accettai subito, anche se sospetto di non aver avuto molta scelta.
E così sono finito a lavorare per un padrone bianco che si sentiva buono perché mi offriva mezzo salario, mezzo letto, mezza vita.
Raccoglievo pomodori sotto il sole dall'alba al tramonto. Mai visti tanti pomodori! E non potevamo neanche mangiarne, se ti scoprivano erano botte da orbi.
La sera avrei potuto uscire, non ero mica uno schiavo, ma le gambe non mi reggevano.
E poi il paese più vicino non ci accoglieva troppo bene. Sguardi malevoli, cambi di marciapiede,

sussurri cattivi. Avvicinare una ragazza neanche a pensarlo!

Sarebbe scoppiata una sommossa.

Anche lì c'era la televisione, ma, non so perché, parlava male di noi, sembrava fossimo la causa di ogni male e di ogni perfidia. Sentii anche la parola terrorista, ma non capii bene che cosa significasse.

E così vivevo tra campo e casa.

Casa.

Si fa per dire. Era un casale diroccato, senza infissi né porta, in cui stavamo ammucchiati, dividendo i letti e il poco cibo. Immondizia dappertutto e non c'era una fogna.

Eravamo noi la fogna.

Tutto questo in cambio di una stipendio da miseria, metà del quale era trattenuto da quell'uomo, lo chiamavano caporale ma non era un militare, ne sono sicuro. Anzi, quando vedeva delle divise lì intorno, diventava molto nervoso.

Una volta sono stato bastonato da giovani ben nutriti che mi urlarono: “Hai finito di rubarci il lavoro, sporco arabo!” e risalirono sulle loro macchine lucide per sfuggire a una polizia che non li ha mai veramente cercati.

Non credo che farò venire qui mia madre.

UN IDEALISTA

Io non riuscivo proprio a vivere.

Sentivo che era tutto sbagliato.

Tutto era troppo orribile, ingiustizia, dolore, insensibilità, arroganza.

Devo spiegare che non sono uno sciocco, ho studiato, ho fatto l'università, anche se poi non l'ho finita e capirete perché.

Il mio problema era che ciò che leggevo nei libri era diverso, troppo diverso da quello che accadeva intorno a me.

La realtà era brutale e ingiusta, priva di poesia.

E non crediate nemmeno che sia uno che sta lì sui libri, aspettando che qualcun altro risolva i problemi.

Mi sono impegnato, e molto. Ho fatto parte di associazioni ambientaliste, di partitini utopistici, di organizzazioni umanitarie, di movimenti di opinione.

Ho lottato contro le mafie, contro il riscaldamento globale, contro la corruzione della politica, contro i dittatori di ogni parte del mondo, contro lo sfruttamento della classe operaia, contro un sacco di altre cose malvagie.

Non c'è stata causa giusta che non mi abbia visto in prima fila.

Fu una sequela di delusioni senza fine.

Le mafie uccisero magistrati e poliziotti e si comprarono la politica.

Il riscaldamento globale fu negato dalla maggior parte dei governanti del mondo, in summit spesso interrotti da tifoni tropicali.

La classe politica corrotta fu sostituita una giovane classe politica rampante e progressista, social e tecnologica, che riprese ad incassare tangenti come niente fosse, mentendo in modo social e tecnologico.

I dittatori rimasero tranquillamente al loro posto, dove erano stati messi da quelle forti nazioni che, sole, erano in grado di esportare la democrazia.

La classe operaia ci prese a calci nel culo, più preoccupata della Champions League che dello sfruttamento del lavoro-merce.

Le altre cose malvagie proseguirono tranquille, aumentando solo un po' di malvagità.

Decisi che era meglio impegnarmi direttamente nel cambiamento, invece che limitarmi a protestare.

Lasciai l'università e andai in America Latina, per aiutare le lotte dei contadini indios contro il potere delle multinazionali. Avevo studiato lo spagnolo apposta, ma quando giunsi lì non solo parlavano una loro lingua indigena, incomprensibile, ma lo spagnolo era la lingua del nemico.

Mi misero a dissodare pezzi di terra strappata alla foresta e, oltre alle vesciche alle mani, ne ricavai la malaria.

Tornato in occidente non avevo più idee, più speranze, più prospettive. Mi cercai una via d'uscita, un nuovo mondo pieno di bellezza e di luce.

Trovai, senza difficoltà, chi poteva darmi, a un prezzo in fondo equo, tutto ciò che cercavo.

Sono morto di overdose a 21 anni, dietro a un cassonetto dei rifiuti.

UNA PUTTANA

Io sapevo di essere carina, me lo dicevano tutte le amiche.

Anche mia madre mi diceva che ero carina, quelle poche volte che la vedevo. Lavorava di notte e tornava a casa così disfatta che raramente aveva la forza di badare a me. Per molto tempo non ho saputo che lavoro facesse.

Ma mi diceva che ero carina.

Di me si occupava la nonna, anche lei mi diceva che ero carina, ma mi diceva anche di stare attenta.

A cosa, poi?

Crescendo divenni davvero bella.

Con l'abbigliamento giusto ero un vero schianto!

Bionda. alta, vita stretta e tutte quelle cose che piacciono ai ragazzi.

Scoprii così che anche i ragazzi piacevano a me. Avevano qualcosa che mi attirava in modo irresistibile. Ne conobbi molti, alcuni mi delusero, altri no.

Nel complesso capii che avrei sempre avuto bisogno di uomini, quanto loro avevano bisogno di me.

Era incredibilmente emozionante vedere che cosa erano capaci di fare per avermi.

Ma non durò.

Finii ben presto le emozioni che avevo a disposizione.

Si sa, le emozioni durano quel tanto, poi svaniscono.

E questa è stata la mia dannazione.

Mi misi a cercarne di nuove.

Alla fine le emozioni non mi bastavano più, volevo anche altro, qualcosa di più solido e duraturo.

Perché non potevo avere anch'io pellicce, ristoranti lussuosi, gioielli e uomini adoranti ai miei piedi? Ero forse meno bella delle attrici che si vedono in televisione?!

Mi trovai un amico ricco, e poi un altro ancora più ricco, e un altro ancora. Ne ho perso il conto, i loro

volti si confondono nella memoria. Ho vissuto alla grande, fra Parigi e Montecarlo. Feste e sesso, champagne e sesso, viaggi e sesso, gioielli e sesso.
Molto sesso, come avrete capito.
Ma certe cose funzionano finché sei giovane: da Parigi e Montecarlo passai a Roma e Milano, poi, insensibilmente, scivolai verso la provincia. E i miei amici erano sempre un poco meno ricchi, io un poco meno giovane e il sesso un poco più deludente.
La bella vita era finita, era iniziata l'era delle rughe.
Sono finita sul marciapiede a battere, fra slave e nigeriane.

Loro mi dicono ancora quanto sono carina.

UN POLITICO

Io scelsi la carriera politica.

Mi guidavano un ideale e un desiderio.

Sognavo un paese più equo, una nazione più efficiente, felicità e benessere per tutti.

E desideravo essere io a realizzare quell'ideale, passare alla storia come colui che aveva reso il suo paese grande e felice, giusto e moderno.

L'ideale ben presto si perse in fumose riunioni di partito, in una militanza faticosa e ripetitiva.

Quando uscivo, alle due di notte, dalle lunghe e noiose discussioni sulla linea del partito, l'ideale era già meno forte del desiderio.

Presidi, manifestazioni, volantinaggi, anche qualche schiaffone, allontanavano sempre di più la freschezza del sogno.

Cominciavo a chiedermi perché tutta quella fatica.

Questo è il problema con gli ideali: raramente reggono alla prova dei fatti, quando si scontrano con la vita vera, reale. Sono fatti della materia dei sogni e il mondo è una sveglia molto brutale.

Ma mi rimaneva sempre il desiderio.

Sapevo di essere nel giusto.

Scalai la vetta del potere con mezzi che non potevano che esser giusti, perché io ero nel giusto.

Non lo facevo per me, lo facevo per tutti, per il paese e per il progresso, perché essere governati da me non poteva che essere la cosa giusta.

E riunii intorno a me quelli che pensavo potessero aiutarmi a governare, distribuendo favori in cambio di consenso, soldi in cambio di facilitazioni.

Tutto pur di governare.

Feci una grande carriera che mi portò ai vertici dello Stato, quello stato che avevo giurato di servire e che avevo sognato di rinnovare.

Certo, subii anche delle sconfitte, ma a quale grande uomo non è successo?

Le sconfitte sono solo occasioni per ripartire.

Quello che mi amareggiò di più fu però l'accusa di corruzione che alcuni giornalisti, pieni di livore e di invidia, mi lanciarono. Gridai al complotto, esposi le mie ragioni in più di una trasmissione televisiva, con conduttori sicuri, ben pagati (da me, ovviamente).

Il paese si divise fra innocentisti e colpevolisti, quando un magistrato in cerca di pubblicità mi chiamò a giudizio.

Mi difesi come un leone, dimostrando a chiare lettere che quelle pratiche erano nella stessa logica del potere.

Tutti facevano così!

Come potevano accusarmi, io che avevo dato tutto per il mio paese?

Ma il potere non corrompe, attira solo i corruttibili.

UNA CONTADINA

Io sono nata in un piccolissimo villaggio di contadini in uno di quelli che vengono chiamati Paesi In Via di Sviluppo.

Non state a cercarlo su una cartina: è così insignificante che probabilmente si sono dimenticati di mettercelo.

Viene chiamato In Via di Sviluppo perché questo ci dà la giusta prospettiva: lo Sviluppo è in fondo alla Via, una via molto molto lunga. Talmente lunga che era impossibile vederlo.

Ma c'era, era sicuro.

Che cosa fosse lo Sviluppo, e come ci si arrivasse per quella Via, ci fu spiegato una volta da un signore bianco molto educato e molto sudato, che venne a dirci che si prendevano metà delle terre del villaggio perché sotto c'erano delle materie che ci avrebbero fatto Sviluppare.

Loro se le sarebbero scavate e portate via e noi ci saremmo Sviluppati.

Sembrava tutto molto bello.

Ma non ebbi, personalmente, tempo per Sviluppare alcunché.

I miei genitori si sfiancavano tutti i giorni per strappare al nulla un brandello di terra coltivabile. Io cominciai a lavorare con loro, appena fui capace di camminare. Era durissima, tanta fatica, tanto caldo, niente cibo e pochissima acqua.

Pare che nei Paesi che hanno raggiunto lo Sviluppo i bambini giochino, vadano a scuola, siano felici, mangino tutti i giorni.

Devono essere partiti molto prima di noi, sulla Via dello Sviluppo!

Io non ho mai giocato, e non parliamo di andare a scuola. Se anche ne avessi avuto il tempo e le forze, la scuola più vicina era quella dei missionari, a molti giorni di cammino.

Come avrei potuto fare?

Certo, studiare mi avrebbe dato qualche possibilità in più, almeno per capire che cosa stesse succedendo nel mio paese.

Ma, in fondo, non occorreva tanta istruzione. Era abbastanza chiaro.

Noi ci ammazzavamo di lavoro per coltivare le terre peggiori e non ne ricavavamo quasi nulla.

Nel frattempo uomini bianchi si impadronivano delle terre migliori, che non coltivavano mai, riuscendo misteriosamente ad arricchirsi.

Forse è perché loro erano già Sviluppati.

Sono morta di fame prima di essere donna e forse sono stata fortunata.

UN SOLDATO

Io scelsi la vita militare perché non trovavo lavoro.

A scuola non ero una cima e dalle mie parti scappavano tutti per andare altrove a cercare opportunità.

Mi dissero che l'esercito poteva fare molto per me. Intanto mi avrebbero pagato e poi avrei avuto possibilità di carriera, cure mediche gratuite e una pensione sicura.

Era una manna dal cielo!

Mi arruolai volontario e venni addestrato.

Finii in un campo sperso nel nulla, dove iniziò il mio calvario.

Credevo che certe cose ci fossero solo nei film!

Mi rasarono i capelli, mi urlarono nelle orecchie, mi costrinsero a corvée nauseanti, mi fecero correre e saltare ben oltre le mie possibilità, mi insegnarono otto modi per uccidere un uomo a mani nude e mi fecero marciare nel fango per tutta notte.

Fu così che mi trasformarono in una macchina bellica perfettamente oliata e a punto. Ero insensibile a dolore e fatica, duro e affilato come una baionetta.

Ormai ero un professionista della guerra.

Non ero sicuro di esserne contento, ma ci avevano riempito la testa di quanti nemici avesse il paese, di quanto importante fosse difenderlo, di quanto dovevo essere spietato per il bene di tutti.

L'etica militare si fonda sul concetto di onore.

Era un onore per me dare la vita per un paese che non mi aveva dato una diversa opportunità di vita, magari un lavoro e una casa.

Era un onore per me dare la vita per chi mi aveva trattato per mesi come un animale, ripetendomi in continuo che non valevo niente, meno di zero.

Era un onore per me dare la vita per compagni che mi avevano ficcato la testa nella tazza del cesso, urlandomi oscenità.

Tutto ciò era fatto per rendermi duro, cattivo, senza scrupoli.

Capace di uccidere.

Ero pronto e mi mandarono in un paese africano in "missione di pace" e quando, durante un turno di guardia, mi sembrò di vedere un'ombra nella notte, sparai e sparai e sparai ....

Uccisi un ragazzino nero e finii sotto processo, marchiato come assassino.

UN RICCO

Io sono nato ricco e sono vissuto da ricco, che altro potevo fare!? Non ho mai lavorato un giorno in tutta la mia vita, c'erano altri a lavorare per me.

Fin da bambino avevo intorno chi si occupava delle cose di tutti i giorni, delle mie necessità.

C'era chi mi vestiva, chi mi serviva la colazione, chi mi portava a scuola, privata ovviamente, al tennis a karate al maneggio e a tutti gli impegni che la mia agenda di ricco giovinetto comportava.

Non vedevo molto i miei genitori, anche loro troppo impegnati.

Mio padre era nei consigli di amministrazione di svariati enti pubblici e privati e gestiva con naturalezza la fortuna ereditata da suo padre.

Mia madre si divideva fra enti di beneficenza, ad altissimo livello, e serate di gala.

Non credo che dormissero ancora assieme, ma era meglio così: un nuovo fratello avrebbe diviso le risorse!

Sapevo che stavano bene perché me lo diceva il nostro maggiordomo. E poi non mancava mai un assegno del loro affetto, sul mio comodino!

Imparai ad indossare lo smoking come se ci fossi nato dentro, a conversare amabilmente con chiunque, a guidare macchine sportive e a corteggiare giovani bellezze dal pedigree finanziario inappuntabile.

Perché preoccuparsi di cose banali, se la vita può offrire tanta bellezza?

In fondo esser ricchi significa proprio questo: vivere i propri desideri. Non dover aspettare, lottare, faticare, impegnarsi per nulla.

Basta dare un ordine, con cortesia, naturalmente, sempre trattare il personale di servizio con cortesia!

Ma sempre ordini sono, e vengono eseguiti con meravigliosa sollecitudine. Questo ti lascia libero di vivere alla grande.

Frequentai tutte le compagnie più esclusive, le località più alla moda, sempre attento a non cadere mai di gusto, ad essere sempre l'anima della festa. Amato e viziato, passai da un casinò a un casino senza perdere mai la classe.

Quando sei un Vip hai delle responsabilità, un'immagine da difendere di fronte alla massa di casalinghe, parrucchiere e ragazzine che ti scrutano dalle pagine dei giornali di gossip.

Uscire con top-model, ma mai farsi vedere con una minorenne! Quella te la fai trovare in camera, la sera tardi.

Lanciare linee di accessori costosissimi, disegnati da altri, ma con il tuo nome, così per sfizio, per dare un segno del tuo passaggio nel mondo.

Partecipare a regate veliche arrivando secondo, in modo da apparire molto sportivo mentre brindi con il vincitore. Il giorno dopo, magari, ti porti a letto sua moglie, ma sportivamente!

Mai apparire in televisione, ma fare in modo che la televisione parli di te il più possibile. Una carriera in politica, magari in età avanzata, non è da buttar via!

Anche perché la politica non è un vero lavoro.

Avevo davvero tutto, tutto ciò che si può desiderare.

Il mio unico pericolo, il solo rischio, era la noia.

Ma con pochi grammi di cocaina anche questo passa.

Immagina che non ci siano paradiso,
è facile se ci provi,
né inferno sotto di noi,
sopra di noi solo il cielo.
Immagina tutta la gente
che vive il presente.

Immagina che non ci siano nazioni,
non è difficile da fare,
nessuno che uccida o muoia per qualcosa
e, anche, nessuna religione.
Immagina tutta la gente
che vive in pace.

Immagina che non ci sia proprietà,
mi stupisco se ci riesci,
nessun bisogno per cupidigia o fame,
una fratellanza di uomini.
Immagina tutta la gente
che condivide tutto il mondo.

Puoi dire che sono un sognatore,
ma non solo il solo.
Io spero che un giorno starai con noi
e il mondo sarà unito.

John Lennon

Printed in Germany
by Amazon Distribution
GmbH, Leipzig